花は光に手を伸ばす

星 はるか

東京図書出版

まえがき

こんにちは

太陽がこんにちはと言っていますね
私が誰とも会わない日
私に誰もあいさつをしてくれない日も
太陽だけは私にあいさつをしてくれます

私やあなたが誰とも会わない日も
私やあなたに誰もあいさつしてくれない日も
太陽だけはあいさつしてくれますね

私によく電話してくれる女性がよく遣っていた言葉です。
『マザー・テレサ愛のことば』より一部引用。

絶望のあるところに希望を
闇のあるところに光を
悲しみのあるところには喜びを
慰められるよりも慰めることを
理解されるよりも理解することを
愛されるよりは愛することを
（マザー・テレサの愛した祈り）より、その一部。

今まで僕と何百人が笑顔で接し、何百人に僕は睨まれたのだろう。僕を一体何人が憎んでいるのだろう。どんなに優れた人でも頭のいい人でも、悪意のある人に利用されたとしたら、ひとたまりもないのではないだろうか。

私自身、どうして今までこんな数奇な運命をたどらなければいけなかったのかと思う。ただ私が世界で最もかわいそうな人だとも思っていないし、私よりかわいそうな人は世界中にたくさんいる。例えば空爆を受けた人、飢えに苦しむ人、病気で苦しむ人。愛に飢えている人。他にも何かしらの原因で、たくさんの気の毒な人がいるのだろう。だからといって私が幸せなわけではない。

みんなは私のために泣かなくても、星だけは僕に泣いている。

また、私よりもかわいそうな人たちのためにも、星はきっと泣くだろう。

それでも私が小さい時から、私の心の片隅で願っていたのは、人類皆の幸せである。それは神に誓って嘘偽りがない。

夢

君は僕の夢に乗った
たとえ僕が夢を叶えられなかったとしても
それは君のせいじゃない
僕はいくつになっても夢は捨てない

一時、僕は夢をあきらめることもあったが
僕は死ぬまで自分の夢を追いかける
僕が死ぬまで、僕の夢は続き終わらない
たとえ僕が死んでも
僕の夢から君の夢になる
そしてそれはいつか
みんなの果てしない夢になる

世界が終わらないようにみんな必死で生きてきた。仮に、みんなが生きている世界が終わってしまうなら、みんな何だったのだろうか。

今、世界はある。そして日本もある。そしてみんなもいる。そして私もいる。

世界が終わらないで欲しい。
それも私の願いである。

私がパソコンの一文字一文字を打つごとに、時間も季節も、あっという間に過ぎて行く。失った私の二十年間を取り戻すために。

ここにある詩と短文は、主に私が十五歳から二十七歳まで、ノートに書き留めていた詩の五分の一ほどのものである。今回の作品は主に、太陽（光）や花などの詩を集めた（これから出てくる私の詩の時期としては、ほとんどが１９９１年から２００３年の間に書いた作品である。過去の私の詩だから、後になって読み返してみると、修正した方が良い部分は少しあったので、後から少し手直しを加えた箇所はある）。

途中シフォンという登場人物が出てくるが、私が想像で作り上げた架空の人物である。

この作品は実話と作り話と両方ある。前もって言っておくが、詩は創作である。

いのち（命）

あいまい

宇宙の霧の中、見たこともないカオスから
地球が誕生する
いつ頃からだろうか
どんな固い石でさえも
長い雨によって穴があく
違う星に住み移るのだろうか
人類でさえもいつかは滅びる
逃れられない宿命
その時
歴史、科学、苦しみ、愛、種
そんなものは何の意味を持つのだろうか
生まれたら死ぬまで生きる
意味を持たない不変のルール
百パーセントそんなことがありえるだろうか

一秒刻みの中、一秒の積み重ね
地球が生まれてから死んでいくまでの
あいまい

今、太陽は五十億歳だそうです。
そして、太陽よりも大きい星がいくつもあるそうです。
星も生きているように花や植物も生きているのです。
もう一つは、虹の色は光が作り出します。

シャンパン

どこかで今も赤ん坊が生まれ
自分の存在を証明する産声をあげている
大地に根ざした大木が
新しい生命の誕生を祝うかのように
風に吹かれてやさしく揺れる

女は二つの性を持つ
子を抱える女は
少女という仮面を脱ぎ捨て
母親という性へ脱皮する

大地に根ざした大木が
仮面を脱ぎ捨てた新しい性
母親の誕生に

いのち（命）

風に吹かれてやさしく揺れる
どこかで今日も新しい生命が誕生し
自分の存在を証明する産声をあげている

その地球の活力を見せつけるような音を
大地に根ざした大木が
僕の耳元まで運んでくれる

その地球の生命力を見せつけるような音を
大地に根ざした大木が
誰かの耳元まで運ぶ

節目《ふしめ》

どこかで男と女がくっつきあって
やがては赤ん坊が生まれる
赤ん坊はオギャーと泣いて
その日から男は今まではなくなり
その日から女は今まではなくなる
赤ん坊はいつの間にかに子供になり学校へ行き出す
子供は子供なりの課題を、親や教師から与えられる
子供も子供なりに一生懸命課題をこなす
そして何日も一緒に食卓を共にし
やがて息子は男になって行き
やがて娘は女になって
どこかでまた男と女がくっつきあって
家庭を作り始める
そんな幸せを夢見て暮らす

胎内

胎内にいた記憶は消えてしまった
その記憶は鮮明に映らない
かつて誰もが母親の胎内にいた
そして母親の一部となっていた
母親のへその緒から切り離され
大地に足をつける
その人は子孫が愛し合ってきた連続の中の
一人だろうか
その人は子孫が交配し続けてきた連続の中の一人だろうか
途切れることを知らない線が
散らばり交わり乱れていく
その人の胎内にいた記憶
その人の存在
その連続は途切れることのなかった線上

子守歌

遠い歌を奏でよう
羊たちの眠る町

月はいつも三日月で
羊の赤ちゃんストロベリーパジャマ
その乳飲み子の両親は
ブルーとレッドのしま模様

眠れないと泣かれても
赤ちゃん寝ないと二人は寝られない

そんな時に歌うのが
なんだか懐かしい子守歌

いのち（命）

遠い歌を奏でよう
羊たちの眠る町

星はいつも流星で
羊の赤ちゃん二人になる
この子《こ》羊《ひつじ》らの両親は
今は帰らない同棲時代

眠れないと言われても
赤ちゃん寝ないと
二人は寝られない

そんなときに歌うのは
母から伝わる子守歌

遠い歌を奏でよう
羊たちの眠る町

ブルーの夜空に囲まれて
羊の赤ちゃん大人になる
子羊らの両親は
今はすっかり年を取る
すっかり家族は寝ついても
赤ちゃん夜泣きで起こされる

そんな時に歌うのは
祖母から伝わる子守歌

水

清らかな川へ行く
日が暮れるまで泳いだ
僕を通り過ぎた水は
上流から下流へ流れ、やがて海へと流れる
水は太陽の力で天までのぼり
雲へと形を変える
遠い過去に出会った水は
静かな雨となって、僕ともう一度再会する
何億万分の一の奇跡
雨のシャワーがふりそそぐ
そのシャワーは過去に出会った水　再会

光（太陽）

闇の中であがいている人も
未来
光はまた私にもみんなにも訪れる
そう願ってみんな生きた方が
楽しいじゃないか

虹の色は光が作り出す

たった一つの存在
太陽ですら
すべてを平等に照らすのは困難だろう

メリーゴーランド

いくつもの星が僕を見ている
太陽はその星たちも僕も
たくさんのものを見ている
太陽は地球をぐるりと回り
地球は月をぐるりと回る
「太陽さん、あなたはどれだけ多くのものを見てきたのですか」
きっとあなたはたくさんの事を知っているのでしょう
何十億年も昔から今に至るまで
月はおとなしく太陽のその横で
彼（太陽）の見られない影を
ひっそりと見ている
(地動説と天動説の違い、太陽の周りを地球が回っていることは知っている)

話

花たちがざわざわと話を始めたと思ったら
入道雲がやってきて
頭上から透明な糸で大地とつなぐ
それを使って、雲と花が会話を始める

しばらくしてお日様がやってきて
光る線を大地に落として、花と話がしたいという
入道雲と、お日様がケンカをして
入道雲の透明な糸が、光を反射する
入道雲はケンカに負けて、いそいそと去っていく

太陽はいつものように
嬉しそうに花たちと話をする
ある日の空のこと

光（太陽）

闇

夜を知ってはいけない
夜は神秘の秘密であろうか
夜を知ることは、昼を裏切ることになる
夜の怖さを知ってしまった時から
夜は怖いものではなくなってしまう
しかし、夜のすべてを知ることはできない
本当の闇は
もっと深い所にあるから

大切なもの

失うものの多さに比べたら、手に入れてきたものなどほんのわずかだろうか
手に入れては失い、手に入れては失う
そうやって歩いて来た
手放してしまったものの価値が、それだけのことしかなかったからなのか
それともその価値の大きさに、単に気づかなかっただけなのか

大切にしていたもの、ものであれ人であれ、同じ事に変わりない
あれほど好きだったおもちゃまで
やがてはどうでもいいものになってしまう
ボールなんていらない
ボールなんてとられてもいい
それでもサッカー少年からボールを奪い取ることは、どれほどの痛みな

光（太陽）

のだろう

その女の子はカセットテープに
自分の声を刻み
そして彼と撮った写真を見る
捨てられた女の子は泣く
一晩中、夜が明けるまで泣く
失ったものを埋めるために
愛してくれた人を友達だと言うこと
愛した人に友達だと言われること
僕は失いすぎた。でも泣かなかった
泣くことからさえも逃げ回っている
だから何も埋まらない
それを取り返す気力さえない
失ったことすら認めないで、確認できないで、気づかないで日々を送る
確認できないで、僕は何も失ってない
そう思い込む

気づかないふりをしている
気づかなければ何も埋まらない

夜は光を失うが
それに気づかないふりをしている
夜さえも本当は泣いている
夜が泣いている
泣きべそをかいて月に甘えている
夜は気づかないで
眠ったふりをしている
月は黙って
夜に小さな光を与えて慰める
月だけは気づいている
夜だって光が欲しいことを
ほんの少しの光が欲しいことを
夜の隙間を
月のほんの小さな光が埋める

光（太陽）

夜空

社会から切り離される
その悲しみも夜空の月が忘れさせる
草の上に背をつけて
夜空の月とたわむれる

人が作った光は
どんなに踏ん張ってみたところで
太陽の輝きに勝ることはない

一体、何が大きいことなんだろう

てのひらをのぼる蟻が
月の光で
なんだか大きく見えるから

真空管ラジオ

彼女との口論の後
二人とも手がでそうになる
AMラジオの音だけは、むなしく流れ続けている
「欲しいと思えば、手に入りやすいのさ」シフォンは言った
「何でも」私は聞いた
「いや、どんなに思っても手に入らないものもある。ただ欲しいと思わなければ絶対に手に入らない」シフォンは言った
欲しいと思わなければ与えられない
光を浴びない草花は枯れていく
それとも与えられたのは偶然、偶然さ
鳥が種を運ぶ。場所の良い所だけに落ちた種だけが苗になり木になる
木になることのできない種の方が多いのさ
そこにある大木は
偶然と偶然の重なり合いさ

光（太陽）

そう光と水の偶然
光の方に葉は手を伸ばす
それが木の意志さ
それは花の声さ
花だって甘えている
だからあんなにも濃い赤色
美しい花の赤色は
虫や蜂に甘えている
訴えているのさ
虫や蜂なしでは
彼（草花）らは生きられない
少なくとも彼（虫や蜂）らなしでは
種が途切れる

閉ざされた社会の枠が急に解除された時
彼女の言葉は意味を持ち始めるようになる

やさしさ

あなたはやさしさを分け与えている
あなたはやさしさをばらまいている
そのやさしさが
彼に伝わり彼女に伝わっていく
そのやさしさの全てを
ミツバチやワタリドリやアゲハチョウにまで与える
彼らは世界を飛び回り
やさしさの雨を降らせる
ワタリドリは、子供にまでやさしさを伝え
未来へと希望の光を託す

心

星

太陽のように人を暖め、暖め、暖めたい
この国に生まれ
この地球という星に生まれ
太陽になれない自分を恨みもする
太陽でさえも、月を星を
暖められない日もあるのだから
雲がかかり、それを覆って
雨が降るように
いくら太陽に近づこうとしても
いっこうに縮まらない距離
人は本来、陽気なものなのだと信じたい
太陽の周りだけは
いつも明るいのだから
皆、心に雲がかかっているだけなんだから

貝殻

耳を澄ませば聞こえてくる
貝殻の中から
なぜだか懐かしい波の音
君が好きだった風の声
森だって生きている
太陽だって叫んでいる
花だって喜びの歌を歌う
いろいろな声が聞こえてくる
貝殻の中から
さわがしい都心の中だって
耳を澄ませば聞こえてくる
喜びの声が
　ほら貝殻の中から

バスケット

この買い物かごの中に
思いをつめて、君に届けよう
木の皮を編んだ、ハンドメイドの贈り物

バナナにリンゴに、ミカンにブドウ
レタスにトマトに、曲がったキュウリ
赤いニンジン、緑のセロリ
サンマにイワシに、輪切りのハマチ
豚肉、鶏肉、霜降り牛肉
豆腐にミルクにヨーグルト

まだまだ入る買い物かご
大きな大きな買い物かご
まだまだまだまだ入ります

そんな大きな買い物かごに
私の気持ちを入れました

急に買い物かごは
あふれるほどになりました
気持ちが詰まった買い物かごは
小さく小さく感じます

ほんの小さな隙間には
穴あきキャベツを入れました

心

誤解

百パーセント相手に伝えることができるだろうか
まずそんなことはありえない

相手を納得させるだけの言葉を私は持たない
それは能力だろうか
それとも多くの人が抱えたことなのだろうか

何かしゃべるよりも手をつないだ方が
その気持ちは良く伝わることもある

十パーセントの理解、九十パーセントの誤解そんなことからいつも始まる

言葉とはなんと不便なものだろうと思う

そんなつもりじゃなかったのに
傷ついたり、泣いたり
そんなつもりで言ったんじゃないのに
嫌いになったり、好きになったり

そして誤解を解く暇を与えてくれない
誰かの一言で関係が壊れてしまうことさえある

後からなにを言っても言い訳になってしまう
話すことに臆病になっていく

あたりさわりのないことだけをしゃべる
十パーセントの理解、九十パーセントの誤解

モノトーン

私が使う言葉なんて、たかが言葉を並び替えた、言葉遊び
私が書く文章なんて、たかが文字を並び替えた、落書き
そこに流れるメッセージ

言葉なんて見なくてもいい
根本に息づくメッセージが伝わるなら
どんな汚い言葉も使いましょう
どんな綺麗な言葉も使いましょう
どんなきざな言葉も使いましょう
どんな恥ずかしい言葉も使いましょう

言葉なんてなくてもいい
言葉はいつもたった一つの手段
手と手を繋いで何かが生まれるなら

心

泥まみれの手でも繋ぎましょう

テレパシーで伝わるのなら
超能力を使いましょう
七色の虹を見たいのなら
限りなく続く地平線の上でも歩けます

今日は素敵な星降る夜
星を一つ一つ数えましょう
星と星を線で繋いで
自分だけの星座を作りましょう

そして、流れ星に願いを伝えましょう
そんな気持ち伝わりますか

システム（一貫した・組織）

昨日も働いた　今日も働いている
明日も働くだろう
暑い日差しの中、汗水流して働いている人
涼しいオフィスで働いている人

働きたくないのに、働かなければならない人
働きたくて、働いている人
働きたいのに、働けない人
働きたくなくて、働かない人

一人一人がロボットではないこと
労働の割に、低すぎる賃金
労働の割に、高すぎる賃金
分配の偏り

システムを作り上げた人
システムの中で苦しむ人
システムの中でそれに気づかない人
システムの中で一人一人が、ロボットではないこと
システムの中でロボットを壊して
早く自分へと戻ろう

誰もが天国への階段を上っていること
そう考えた方が素敵だから
そう考えたいだけなんだ

風船

手元から離れた風船は
空高くゆっくりと飛んでいく
雲を越えて、月を越えて、太陽まで

ただ僕は鳥の存在を知ってしまったばかりに
風船はそのクチバシにぶつかって
割れてしまうかもしれない

ただ僕は塵の存在を知ってしまったばかりに
風船はそれに当たって
はじけ飛んでしまうかもしれない

ただ僕は太陽が燃えていることを知ってしまったばかりに
風船はパンとはじけて燃えてしまうかもしれない

何も知らなければ
風船はどこまでもどこまでも飛んでいくだろう
そして、またいつか戻って来てくれるかもしれない
宇宙をぐるっと一周して

一億人の私

一億人が地球上に存在するならば
一億人の私がいる
あの人も私、この人も私、その人も私
あなたも私、私も私、誰もが私を抱えて生きている
一体誰が本当の私なのかわからなくなる
私も本当の私で
あなたも本当の私
たぶんそうなのだろう
一億通りの生き方があり
一億通りの性格がある
一億人の私が「私、私、私」と叫んでいる
悲しい私もいれば
喜んでいる私もいる
動物や草花もいれれば

心

数えることの出来ない私がいる
私と叫びすぎれば
あの私とけんかになり
私を抑えすぎれば
私がなくなってしまう
一体どれくらいの私が存在し
どのくらいの私が
私と叫んでいるのだろう

しとしと雨

今、雨に濡れている
心を落ち着かせてくれる細い雨
いつもの都会の雨は汚れている
けれど今日の雨は
内面を映し出すように澄んでいる
頭上に落ちる一粒の雨は
頬をつたって涙と交じる

今、雨に濡れている
真夜中の冷たい雨に
雨は何も言わないけれど
心までを映し出す

しとしと降り、決して、じめじめしていない

心

さわやかな、静かな雨に
やるせないあきらめの思いに浸ろうとする
静かな雨に体は凍らせられて
寒さで時を感じる

しとしと雨は降り続ける
冷たい雨、君は何も言わないけれど
心までを映し出す

体は小刻みに震える
大好きな星は出ていないけれど
雨も別に嫌いじゃない
時折降る雨は、心までを洗い流す

今、雨に濡れている
冷たい雨、君は何も言わないけれど
心までを映し出す

とんがりぼうし

砂漠の砂を掘っていたら
大量のダイヤを掘り当てた
そんな幸運を手に入れようと
僕は海の砂浜をスコップで掘った
そう雪の積もる冬の砂浜
掘れども掘れども
金塊もダイヤも出てこなかった
次から次へと砂のかたまりが出てきた

何か納得がいかず、日が沈むまで掘り続けた
あきらめかけた所だろうか
スコップでさらに掘っていたら
カチッという音がして
そこから、そおっとそおっと手で掘っていたら

小さなとんがりぼうしを見つけた
探していたものは、きっとこれだったのだろう
探していたものは
夏の思い出が一杯詰まった
小さな冬のとんがりぼうし

僕はその小さなとんがりぼうしの中に
自分の過去の記憶と
今日という一日を全部詰め込んで
海の遠くへ、見えない所へ
それを放り投げた

とおりすがり

とおりすがりの電話に、小さい声で話しかける
とおりすがりのコーヒーは、いつも淡い色をしている
とおりすがる食事に、いただきますとつぶやく
とおりすがりの人たちは、素知らぬ顔で歩いていく
猫がとおりすがり、道がとおりすがる
いくつもの場所や光景が、耳とともにとおりすがる

自分がとおりすぎたのか
向こうがとおりすぎていったのかは、しらないが
いくつもの前をとおりすぎる
いくつものものがとおりすぎていく

友人は自分の前で、長く止まっている
そして目をつぶり、耳を落ち着かす

いつとおりすぎていってしまうかもしれないが
やがていつかは、どこかへといってしまう
そしてそのことは、記憶の中にだけ残り
時間とともに薄れていく

そしてとおりすぎていったものの
穴を埋めるために
また自分はどこかへ
とおりすぎようとする

そして、とおりすぎていくものたちに
ありがとうと小さくつぶやく

リベラリスト

あの雲に乗ろう
あの雲に乗ってやろう
ニューヨークへいこう
そして自由の女神に乗ってやろう
そうしたら自由の女神より
自由になれるかもしれない
今度はスペインへいこう
闘牛場で牛に乗ろう
そして赤い旗を持っているヤツを
牛と一緒にやっつけよう
今度は月へいこう
三日月なら、月のひざに座って
そこでスナック菓子を食べる
満月ならうさぎと話をする

今度は火星へいって
火星人と友達になって
一緒に宇宙をかけめぐろう
宇宙へいったら
ブラックホールに吸い込まれて
ホワイトホールから
出てこよう
そんな旅がしてみたい

心

解放

ふと空を見上げると
満月の光に照らされた白い雲の群れが
風のおもむくままに動いている
そして二羽の鳥が
それと同じ方向に飛んでいった
真上には満月しかない

２００個の柚子と
30個のオレンジを
大きな鍋で煮て作ったジャムの色のように
光る満月しかない

私はそれに吸い込まれるように
時が過ぎていった

迷っていたのだろうか
失っていたのだろうか

夜の空を眺めてみた
夜の音色を聞いてみた
月が見える、星が見える
風の音が聞こえる、波の音が聞こえる
やがて、すべてのことがばからしくちっぽけに見えてくる

そして心が風景にとけ込んでいくとき
胸の中に凝縮されていた
迷いやもやもやとした気持ちは
夜の空気に吸い込まれるように
解き放たれる

流れゆくもの

草原に一人で立ちすくむ
誰もいない、いるのはただ一人自分だけだ
座って辺りを眺めると
丘と緑と青い空、それ以外何もない

雲がゆっくり流れている
朝日が辺りを照らす
雲が流れる
朝日が私を包む

やがて太陽が真上に来る
辺りが一段とまぶしさを増していく
雲がゆっくりと流れる
日差しが辺りを照らす

心

雲が流れる
日差しが私を包む
太陽がゆっくりと右手の方へ動いていく
ゆっくりと雲が流れる
雲が流れる

やがて太陽が真横に来る
辺りがしだいに赤色に染まる
雲がゆっくりと流れる、夕陽が辺りを照らす
雲が流れる、夕陽が私を包む

やがて太陽が沈む
辺り一面黒色に染まる
清楚できらびやかな星が
辺りをうっすらと照らす
清楚できらびやかな星の光が、私をそっと包む

再会

どうして星を見ていても心は晴れない
どうして星に届かない
どうしてあの星に届かない
遠い星の下
届かない夢を見ていたころも
やけに遠い昔に思えて
なんだか全てが、溶ける雪のように思える

ある場所で、ある人と、数年ぶりに再会した
君と語り合った日々も遠い昔のこと
会話のつきなかったことも
お互い信頼していたことも
遠い昔の思い出話
時は人を変える

心

今あった君は、もう昔の君じゃなくて
時に何度となく変えられた君
そして君の前にいる僕も
時に何度となく変えられた
無理矢理、何かをしゃべってみても
お互いのうれしさをよそおっていても
過去の笑い話をしてみても
お互い
作った笑顔で笑ってみせても
そこにはあの頃の君はもういない
僕が変わったのか
君が変わったのか
そんなことはどうでもいい
そこには、あの頃の君はもういない

種

草花を育てる
世界の緑を増やす
発展しつくした資本主義国
かつて泉には聖霊がいた
全てが揃っていても穴がある
後はあなた自身が
そこに種を植えるだけ
世界の緑を増やす
心の緑を増やす

恋愛

シフォンの言葉

シフォンは自分の言いたかった事の意味が、
彼女に正確に伝わっているか不安になったし、また、それを完璧に伝えるための完全な言葉など存在しないようにも思えた
シフォンは自分の知っている単語を上手く並べて、彼女にできるだけを伝えようとしたが、ひどく言葉は足らなかった
単語を多く使って説明すれば、ひどく長い時間がかかるだろうし、彼女は長い言葉の紙を、ハサミで切り取るだろう
そして、都合の一番いい部分だけを覚えている
のちに、シフォンは彼女にその意味の食い違いを説明したが、彼女の中では、それは言い訳にしか聞こえなかった
シフォンの発した言葉の意味は、彼女の所に辿り着くまでに、全く違うものにすらなってしまった
シフォンはそういった場合、正確に伝えたかった最初の言葉の意味を置き去りにし、彼女が勘違いをして受け取った意味を大事にするしかな

かった
そうして、自分の最初に言いたかった事は、いつも闇の中へと消えてしまった
だから、シフォンはできるだけ彼女の言葉を正確に読み取ろうと、うさぎのように耳を立てた
その結果として、彼女には何の主義もなかったが、これから生きようとする力と、少しばかりの愛情を感じ取れた
たった一つシフォンが言えることがある

地球は一つしかない
そして、それは現在の科学をもってしても
決して増えることはない

涙

海は地球の涙かもしれない
太陽は地球をいつも見ている
地球はちっとも気づいてないのに
月はちっとも気づいてないのに
地球は月をいつも見ている
月はちっとも気づいてないのに
僕は君をいつも見ている
君は少しも気づいてないのに
誰かが僕をいつも見ている
もしかしたら、僕はその誰かの存在に
ちっとも気づいてないのかもしれない

君は僕の涙かもしれない
僕は誰かの涙かもしれない
海は地球の涙かもしれない

出会ったことのない人

遠く流れる人魚を捕まえたい
風になびくブロンドの髪
光にゆれるうろこ
彼女が泳げば、その美しさに魚たちは道を空ける
大粒のパールも、二十四カラットのダイヤも
彼女と比べると輝かない
ピンクの珊瑚も
しま模様の熱帯魚も
力のない海岸も
太陽でさえも
すべては彼女のアクセサリー
石の上の彼女は、浜辺の僕を、ちらっと見る
僕は顔を赤らめて、逃げ去るアザラシ
流れる人魚を、遠くからただ見つめる

恋愛

泣く君へ

なぜ君は泣いているの
僕にはなぜだかわかりません
そんなにワンワン泣かれても
鈍感な僕にはその意味するものがわかりません
僕はその意味を探すのに
いくら考えてもその意味が見つかりません

僕はしばらく泣いたことがありません
ここ何年間か
僕のうつる水晶体は
渇いているのかもしれません

なんで泣いているの
少し時間がたちました

なぜそんなに泣いているの
ワンワンワンワン

また考えて、君の泣き声を聞いているうちに
その意味を探しているうちに
わからないまま

なんだか涙が出てきて
ポロポロポロポロ涙が出てきて
なぜだか僕も泣きました

三日月

夜の力に動かされ
不完全な個体は
不完全な相手を求める
自分の欠けているものを補うかのように

少年の頃、完全な一つの生命体だった
誰も求めないし、欲しない

思春期、少年の心の皮の最後の一枚を脱ぎ捨て　三日月のような不完全
な生命体になる

成長するたびに
心の皮を一枚一枚落としてきた
成長するたびに

恋愛

何かを一つ一つ、道の途中に置いてきた
(皮とは、昆虫の、さなぎの脱皮の、イメージに近かったか、皮とは心の皮のこと)

過去に置き忘れてきてしまった全てを、相手に求め
三日月の残り半分を相手に求める

夜の力は、そんな人を捜させようとする

悩んだり、苦しんだり、くよくよすることはないさ
月だって、いつも丸いわけじゃない

願い

星空を見上げるといつも君を思い出す
果てしない星の下、君だけをみている
流れ星に願いを、君が僕のものになる
果てしない大地の上、君だけを見ている
どんなに続く川もやがては海になるように、君への思いは募るばかり
限りなく広がる空に願いを込めて
夜になっても朝になっても、君のことが離れない
夜明けの空と、ただただ疲れ果てながら
果てしない月の下、君だけを見ている
流れ星はもうないけれど、君が僕のものになる
果てしない大地の上、君だけを見ている
どんなに続く道も、やがてはどこかで途切れるけど
君への思いは募るばかり
限りなく広がる空に願いを込めて

君へ

君が死んでしまうなら
僕は死んだも同然
君が死んでしまうなら
私の花は枯れるでしょう

どうかあなたよ、死なないで下さい
だから、私は死なないのです
どうかあなたよ、私のために死なないで下さい
だから、私は君のために死なないのです

二人でもう一度、小さなチューリップの種を植えましょう
そして、キレイな花を咲かせましょう
光にゆれる元気なチューリップを
どうかもう一度咲かせましょう

恋愛

どうかあなたよ生きて下さい
だから、私は生きているのです
どうかあなたよ、私のために生きて下さい
だから、私は君のために生きているのです

私は土のようだから
輝く花が必要なのです
私は肥料のようなものだから
一輪の花が必要なのです
私は水のようだから
水辺に咲く、睡蓮が必要なのです
私は舞台のようなものだから
あなたという女優が必要なのです
私は土台のようなものだから
どうしてもあなたが必要なのです

太陽①

あなたは最初
地球を回る月だった
僕は小さな太陽だった
燃えさかる情熱はとどまることを知らず
月をずっと照らしていた
あなたはそれでも地球のまわりを回っていた
おさえることのできない情熱は
大きな太陽になっていった
やがて月は地球を離れ
太陽に近づいていった
地球までもが近づいてきた
太陽は地球を焼き尽くした
やがて月は太陽にのみこまれ
月までをも焼き尽くした

恋愛

風景

台所にいる彼女
当たり前の風景
二百日前までは他人だった二人が
夫婦のように暮らしていること
すごく不思議で、当たり前のようでもある
三角形のとなりの家には
二つの窓がある
熱病にかかったように顔が赤くなる

彼女が居なくなったこの部屋は
主食のない夕飯のよう
なにか取り残されたような気持ちになる
大切なものは失わないと気がつかない
そうそれくらい、風景にとけ込んでしまって

アンニュイ①

君との間を続かせたいんだ
美しく咲き乱れる赤色のバラは
数日でもろく散っていく
嵐や雨によって、いともたやすく散っていく
それよりも杉の木のようでありたいんだ
土に根を張り、雨や嵐にも負けず
百年千年と保つ杉の木でありたいんだ
この関係も君との距離を置いたのも
お互いの甘えを抑えたのも
悲しいけれどそのためなんだ
甘えのだるさに、はまっていかないように
君にすべてを求めないように
すべてが自然であるように
この間が、永遠であるように

朝顔

惑星

すべての惑星が言葉を持たないのなら
すべての惑星に花が咲くだろう
なんて言葉とは軽いものなのだろう
なんて言葉とは重いものなのだろう
ラジオからは、流れる言葉があふれて漏れる
どんなに感情をこめたって
いずれは忘れ、いずれは消える
永遠の花はどこにも咲かない
テレビからは刺激的な言葉の連続
僕には何も聞こえやしないし、心の花は咲かない
すべての惑星が自ら太陽になる時
小さな僕に花が咲く
ほんの小さな白いゆり
小さな太陽たちに花が咲く

毛虫

毛虫は緑の葉をたくさん食べ
葉に丸い穴をたくさんあける
やがて蛹になり
木に止まって静かさを保つ
そして蝶になった途端
木から立ち去ってしまう

木はどんな気持ちで
毛虫の成長を見守り
木はどんな気持ちで
蝶が飛び去っていくのを
見守っているのだろう

生命力

双葉の朝顔は
毎日毎日、自分で土の水を吸い
すくすくと成長を続けた
毎日毎日、水と栄養を吸い
つるはぐんぐん伸びた
ある日、長い日照りが土を乾かした
朝顔はカラカラに渇き、何度と枯れそうになりながら
毎日を耐え続けた
となりの朝顔は枯れ果ててしまった
空模様があやしくなり
ついに、待っていた雨が降った
その朝顔は、なんとか太陽と潤いの中で
力一杯水を吸い上げ
成長と再会することができた

朝顔

その朝顔は健全な成長を続け
やがて、どっしりとした土に花を咲かせた
薄紫色のしっとりとした花
それは薔薇や桜でも到底かなわない
しっとりとした花
もうほんの少し
日照りが続けば
彼（あさがお）の命はなかったかもしれない
暗雲立ちこめる、曇り空が続けば
朝顔は花を咲かせる前に
自らの命を自ら絶ってしまったかもしれない
普通の朝顔は
普通の朝顔のままかもしれない
そんな多くの選択肢の中で
朝顔の苗が選んだ選択
しっとりとした花を咲かすこと

音

ふと耳を澄ます
風が、木々の間をすり抜けていく音
小鳥たちのさえずり
さらさらと水が流れる
太陽が大地を照らす音
緑が日差しに喜ぶ声
動物の相手を誘う声

真上をいく飛行機の「ゴーン」という音が
それを一気にかき消す

夏

夏の真っ盛りの日々
木々たちは淡い緑から完全な緑色に染まり
確実で健全な成長をとげる
サンサンと輝く太陽と
風のない静かな中で生命の全盛期
葉の数は多く
それが絶対的のことであるかのように
太陽の光をはねかえしている
まばゆいばかりの眩《まぶ》しい緑色
ちぎろうとしてもちぎれない葉
残暑、彼らの輝きに迷いはない
初秋、実りゆく柿と栗の実が少しずつ大きくなっていく
いくぶん太陽を反射する力も弱まり
葉の大きさや厚さに、衰えは隠せない

朝顔

十五夜

十五夜

今日は満月の一日前、昼は快晴の天気
明日は中秋の名月、ピラミッドだんごを並べる日
今日の夜は
となりの家もマンションの灯りも、すべての光が消えている
私の部屋の灯りと
十四夜の月の明かりだけしか辺りにはない
本や雑誌の散らかった、この部屋の電気スタンドのスイッチをオフにすれば、この世に光は月しかない
天体望遠鏡で今日の月を見ようとした
でもやめた、この目であの月をみたい
明日は十五夜のお月様
うさぎが唯一、餅をつく日
明日は十五夜のお月様
うさぎが唯一、餅をつく日

花びら

涙を溜めた少女のように
悲しみの木々たちは
花びらを一粒一粒と、落としていく

花びらがまた一つまた一つ
悲しみに溢れた木々から
涙のように落ちていく

絨毯《じゅうたん》

紅葉の赤、銀杏の黄で
どっさりとした葉は風になびいている
秋は彼らの季節
あでやかな赤と黄は、町のどの風景よりも勝っている
横にある一年中緑色の杉は
目立たない人のようにしらけている
銀杏と紅葉の並木道を歩く
栗の葉は落ち葉さかり
あたり一面まで敷き詰められた
この葉の絨毯
日照り続きだった太陽も
少し疲れたのか、曇り始め
芯からの寒さがやってくる
冷たい風は、容赦なく葉を突き刺す

ドナルド

十五夜

僕は柿の葉っぱのドナルド
僕の彼女はシェリーという女の子の葉っぱ
やがて僕は枯れるだろうし、彼女も枯れる
秋、体が変色し始めた
緑色から黄色へ、黄色から赤へと変化する
そして強い冷たい風に吹かれて、枝にしがみついた
手が枝から離され、僕はゆっくりと落ちる
僕は初めて空に飛んだ
下からつきあげる風が
僕をくるりと回転させる
空が見える、彼女のさびしげな顔も見える
僕は冷たい土に落ちた
僕は自分の人生を振り返ってみた
まぁまぁの人生だった、僕は、これから土に溶ける

葉

快晴の天気に恵まれた
葉は太陽の光を反射せず
光は葉を透かして
地面の方へと通り過ぎる

落ち葉は、一日ずつ積もってゆく
木にはついばんでいた小鳥たちの姿はもうない
たまに止まる椋鳥でさえも、すぐに飛び去っていく

柿の木だけは周りの木々と違い
一人、沈黙を保っている

葉に触るとペリッという音とともに千切れる
柿の葉は骨のような枯れ木にしがみついている

十五夜

柿の木の葉はついに一枚になった
最後の一枚だ
ホッソリとした幹のない枝に
水分がなくなって栄養のいきとどかない葉が
なんとかくっついている
今にも落ちそうな葉は、郷愁を与える

頭の中は、寒さで澄み切っていたけれど
頬は柿の葉のように赤い

最後の葉に風がふいて
あっさりと土へ落ちた
やさしい風がとどめをさした

緑の女

赤い林檎が落ちるように
墓はあなたに向かって落ちる
草原にはたくさんの林檎が落ち
あなたはそれらを相手にしない
僕は林檎のその一つ
鳥に食べられる林檎
腐ってしまう林檎
すべては土にとけ
種だけが残り
雨が降り
君の大地に新しい芽を作る

霜柱

おもかげ

雨降る冷たい空の下で
町の風景は木枯らしの季節

君は僕のことが好きだった
よくそう言っていた
よく飛びついてきて
なぜだかおんぶをしてあげた

コーヒーの淹《い》れ方が上手だった
いつもそのコーヒーは温かかった
君はいつも僕のそばにいた
僕が君のそばにいたのかもしれない
二人はいつも一緒だった

霜柱

心は凍え死にそうになる
もう透き通る六角形の結晶の降りそうな季節

過ごした日々が無駄ではなかったと
言い聞かせる

冷たい雨の中で行ってみる
いつもの場所の木の下へ
来るはずのない君を待っている
ひとりぼっちの夜に
出合った頃の君のイリュージョン

冬

あれほど自画自賛していた木々も
すっかりと枯れて
ひたすら春に備えて、寒さに堪え忍ぶ
しーんと静まりかえる冷たい空気は
私の心臓までもの体温を下げる
音をたてない木々はひっそりとたたずんでいる
葉の全ても落ち去り
夏の頃と対照的だ

葉のない木々は触れると痛そうで
動物さえも木登りはしない
木の皮の表面は
なんだかむけるほどかさかさして

氷のやどる小さな町

ここはいつも、星降る町
すべての人が光に祈りを捧げていた
ここはときに、雪降る町
凍てつくような寒さに、誰も文句をいわない
ここはときに、雨降る町
雨は心を洗い流す

雨は恋の気持ちをめばえさせる
それは傷をも癒すから
雨はいつもきれいだった
透き通るダイヤの粒氷のやどる小さな町
世界はにっこりと微笑んでいる

霜柱

五人だけのクリスマス

五人、一人半端だ
旅行にいくにしても何かをやるにしても二人か四人
偶数が丁度いいのだ
だから最初は四人だった
後から一人新参者が加わった
本当は四人と一匹
その五人目は今日拾った猫
けど猫は自分のことを
五人目だと思っている
だから五人だけのクリスマス

サンタクロース

夜、遅くまで起きていた
煙突がなかったから
トナカイが住んでいないから
だまされていればよかったのに
眠い目をこすりながら
初めてつきとめたサンタの正体

霜柱

しもばしら

季節は思っているよりも早く進む
もう一ヶ月だ

窓から見る風景
朝焼けの地面、無数の霜が降りている
地面は太陽の光を反射し
あたり一面はうっすらとした白さで覆われる

窓を開ける
隙間から風が入る、肌に冷たい
体を前かがみに縮ませて、寒さの凝縮に努める

空気の白さは太陽の上昇とともに、薄さを増していく
じょじょに霜柱は、地面の色へと溶けていく

おいらはしもばしら

霜柱

おいらは陽気な霜柱、一夜にして生まれ、一日もたたないまま消える
午前二時二十分、おいらは地面に誕生した
冷たい空気は、おいらを活き活きさせる
六時四十分、夜が明け始め
おいらの人生の半分は終わる
あいにく今日は日差しが強い
おいらの寿命は短くなる
七時二十分、登校中の学生が
おいらの友達をサクサクと踏んでいく
足が一歩一歩、おいらに近づいてくる
緊張が張り詰める
おいらのすぐ横を十八センチの女の子の足が地面を踏んだ
となりの霜柱一家は全滅した
あぶなくおいらも踏まれるところだった

ぎりぎりセーフだ
おいらは安心して、フーッとため息をつく
踏まれたら踏まれたで
それはそれでいい人生だったと思うしかない
太陽が上昇するごとに
おいらの体は汗ばみ、少しずつ溶けていく
なんだか体がやわらかくなっていくようだ、なかなか心地良い
九時三十五分、一匹の野良犬が来た
野良犬は立ち止まって、用を足している
おいらの友達が溶けてゆく
最悪な死に方だ。ああはなりたくない
十一時五十分、おいらはもうすぐ死ぬ
光に照らされて
意外に死ぬ間際とは充実しているものだ
十二時、おいらは陽気なしもばしら
光の温度で、ゆっくりと大地に溶けてゆく
（しもばしらは、擬人法）

蝶

雪解け

雪が降り、雪が解け、春の兆し
地下で眠る熊は顔を出し
小鳥のペアが飛んでいる
降り注ぐ太陽に、なま暖かい空気が肌を触る
息づく新芽にやがて咲く花たち
そろそろ春の来る予感
ここにも、そこにも、あそこにも
春は平等に来ている

たんぽぽ①

違う、何かが違う、どこかが違う
ここで生まれここで育ち
やっとここまできた
後、何年同じことを繰り返し
また繰り返されていくのだろう
たんぽぽの綿毛が吹かれて
飛んでいくように
やがて綿毛は花になり
また繰り返されるのだろう
違う、何かが違う
どこかが違う

化粧

花が色づく、赤、白、紫
花たちは、様々な色で自分の頬を染める
ほんの小さな種だったものが、双葉になり、すくすく育ち
いつの間にか、あちらこちらからツルを出し
今や花を咲かせようとしている
やがて、花は開き出し、赤、白、黄、青、紫
様々な色で自分の頬を染め始める
そして、蝶を誘う
花粉を運んでもらうために
いつの間にかに
花壇の双葉はすくすく育ち
花を咲かせようとしている
小さな種だったものが、草や花になり
あっという間に花になろうとしている

アンニュイ②

平凡な充実の日々に戻りたい
刺激ばかりを求めていたけど
充実の退屈な毎日の中に
一瞬の感動がある
刺激に慣れすぎてしまったのだろうか
より強い刺激を求める
刺激の中に刺激はない
平和な毎日
その中で彼女と会う
快い気持ち。感覚があふれる
西洋医学の麻酔をかけられたみたいだけど
花畑の赤い花の匂いだって
本当は刺激的なんだ
零点の刺激より、百点の刺激の方が心地よい

蝶

モンシロチョウ

頭に響くものを感じた
「この人だ」そう思った
体中の体温があがった
彼女の匂いが、そうさせたのか
太陽の真下
赤い花に止まるモンシロチョウ

蜜蜂たちは女王蜂のために
蜜をかかえ戻っていく
遠い駅のホームから、我が家へ帰るような
彼女は家、必ずそこへ帰っていく

甘い匂いは
モンシロチョウの

中枢神経を破壊する
星よりも輝く赤い花

それはブラックホール
近づけば近づくほど
すごい速さで塵をのみ込む
ブラックホール
そのスピードは増していく
アクセルの足は上がらない
時速三百キロのモンシロチョウ

蝶

春①

地球の青い空気が、僕を歓迎している
地球の奥そこに流れている――赤い水、海は僕を拒んでいる

深い太陽のまなざしは
僕をいつも見下ろしている

僕は太陽に勝てない存在
太陽は容赦ない熱を、大地に降らせ
容赦ない寒々しささえ演出する

今日の太陽は大地に安らぎを与える
肉体は暑いとも感じず、寒いとも感じられない
平穏な春の日

コーヒー

ピンクに染まる
神秘的な桜の花が散ってしまう
それはなにかと重ね合わせてしまう
そろそろ熱い日差しの来る予感

洋風の蛍光灯のないカフェへと、足を運ぶ
カウンターの窓の右に座った
コーヒーを注文した
急にドアが開いた
三十歳くらいだろうか
一人の女性が入ってきた

突然、眠れる意識が目を覚ました
心に花が咲いた

蝶

島国の桜の花は、もう枯れてしまったけれど
過去にないほどの花が咲いた

コップは空になってしまった
なかなか彼女に話しかけられない
もどかしさを噛みしめながら
店員を呼んで、もう一度予定のなかったコーヒーを頼んだ
そして、今度はそれにミルクと砂糖を加えた

抱擁

一枚の扉の絵を開けると
そこには虹が架かっていて
霧がそこら中を包んでいる
花畑の絵が広がっている
ブーンと蜂が飛んできて
赤い花に止まると
ボーっとするような、匂いが広がる
蜂はくすぐるように
花びらをもぞもぞと動いて
蜂は花の中に包まれる
僕も蜂のように包まれたいけれど
僕は今
花のように
一人の女の子を包んでいる

蝶

黒いバラ

黒いバラのような魅力で、ひかれている
黒いバラのつぼみの中へと
蜜を集める蜂のようになって
ゆっくりとゆっくりと吸い込まれていく
そこに何があるのかわからないし
毒があるかどうかなんて、調べる余裕もない
無我夢中で、黒バラへとひきつけられる
僕は、彼女の蜜を取りに行く蜜蜂なのだ
彼女は匂いをだしている
男をひきつける黒バラのような匂いを
照れを隠すために
ウィスキーをどんどんと飲んでいく
そして、今度はほおを赤らめて
酔っぱらっていく自分への

蝶

彼女の客観的な目に恥ずかしさを感じる
そう黒バラのつぼみの中に
完全に吸い込まれてしまったのだ
彼女が出す見えないオーラに
僕はいともたやすく包まれてしまった
彼女のつぼみにとじこめられたままで
そこからいつ出してくれるのかはわからない
ずっとこのつぼみの中から出られないのかもしれない
バラのつぼみの中で
甘い蜜におぼれる小さな蜂だろうか
彼女の蜂になった僕が
どんなに羽をバタつかせても、どうあがいても
つぼみの中からは出られない
それほどに彼女の魅力は
あらゆるものを超越していた
僕が迷い込んでしまった所は
危なげな黒いバラの中

雲②

宙に浮かぶ雲が移っていく
誰も気づかないように
そーっとやさしくやさしく移っていく

昨日目にしたものが
今日はほんの少しだけど
変わっている気がする
誰も痛くならないように
自然に自然に

それと同じように
物も、人も
動物も、愛情も
気持ちも、言葉も、モラルも

蝶

風も、空も水の流れも
花も、緑も一日一日
移っていく
すべては、時とともに

昨日あった法律が、今日は廃止になっている
昨日咲いていた花が、今日は散っている
昨日笑顔の彼女が、今日はむっとしている

そんな風にして
何がいいことなのか良くわからないけれど
とにかく移っていくんだから
雲と一緒に

春②

春のために冬を過ごす
大抵の神は
人々の意識が作り出すアニミズム

それでも春が終われば、 秋がきて冬が来る
毎年毎年冬が来る

宇宙という超次元の繰り返しの中で
星という大きな繰り返し
その中での季節の繰り返し
その中での小さな一日の繰り返し
その中での生命の小さな小さな繰り返し

繰り返しのために生まれてきたんじゃない

それでも繰り返すだけで精一杯
神様
どうして春はこんなにも早く行ってしまうのでしょうか
冬の間中、今ある自分を嘆きもする
生を受けたことを恨みもする
春が来る、その時にやっと生を授かったことに感謝できる

蝶

たんぽぽ②

たんぽぽの下で月を見ていた頃
あたりは不思議な国だった

空から落ちてくる冷たくて白い粉
ボタンを押すとカタカタ歩き出す人形
ジージーとネジを回すとメロディーの流れる箱
見るものすべてが新鮮で

その景色、動き、旋律
少女の目には
そのすべては不思議な国の出来事のようにうつっていた

たんぽぽの下で月を見ていた頃
あたりは不思議な国だった

蝶

たんぽぽの下で月を見ていた頃
魔法使いのおばさんが
肩の上でいつも微笑んでくれていた

真っ白なウサギたちは月の上で餅つきをし
彦星と織り姫が流星の中で出合う
サンタのおじさんは本当に心の中にいた

宇宙の灯台

星空

記憶が鮮明によみがえる
冬の星空の真下
天体観測
帰りたくない
そんな気持ちにさせる夜空
もう会えない気がした
永遠に続くと思った関係
別れを惜しむように
なかなか帰れない
冬の星空の真下、天体観測

地球

宇宙飛行士たちは月に立っていた
体が飛ぶように軽い
神秘的な地球が見える
濃い青の部分は海だろう
濃い緑の部分は森だろう
渦巻く白の部分は雲だろう
広大な海に包まれた陸地が見える

きっと地球のどこかで歌をうたっているのだろう
きっと地球のどこかで踊りをおどっているのだろう
きっと地球のどこかで戦いの火ぶたがきられているのだろう
きっと地球のどこかで涙にあけくれているのだろう
宇宙飛行士たちは
青白く光る地球を月の上から見ていた

見ていた人

僕の上でサンサンと輝く太陽、君は昨日も照っていた
おとといも、陸を、海を、大地を、照らしていた
明日もきっと、多くの人に目覚めの合図を送るだろう
生命の血をたどれば、私の一億年前もの血の持ち主たちをも
君は浮かれることなく照らしていた
虫を、植物を、動物を、恐竜までも
生命の誕生から、地球上の全ての生命の流れから
地球の全てを見てきたのは君（太陽）だけだし
全ての生命の生活をへて
これからも全てを知るのは、君だけだろう
そう太陽だけ
また今日もいつもと変わらない一日を
ポッカリと頭上で、君は多くの生命の頭上で
ポッカリと共にかきくらす

針

時計の針がコクコクいう

真っ赤な太陽の炎が
私に近づき迫る
太陽は私を飲み込み
私を燃やす

時計の針がコクコクいう

太陽②

太陽があるから生命が存在できる
太陽があるから生命が生まれた
太陽なくしては存在せしめないこと
太陽は水をもコントロールする
そして生命を途切れさせるのも
また身勝手な君（太陽）だろう

小さな私

星たちが光を放ち
生きていることを証明する
そんなふうに、はかない生命一つ一つも
光を熱を発している

太陽が生命に力を与え
生命一つ一つの発する光が
地球の土を暖め、宇宙の闇を照らしている

大きな宇宙の暗闇の中で
太陽という小さな光が一つ
その小さな光の周りで
小さな小さな星たちが

小さな小さな光を放つ

その小さな小さな星の一つ
地球という星の中で
生命たちは、ほんの小さなほんの小さな光をともしている

大きな宇宙の暗闇の中で
私は消えそうなはかない光を、ほんの数秒照らすだけ

大きな宇宙の暗闇の中で
永遠の空間の中で
私はほんの小さな、今にも消えそうなはかない光を
ほんの数秒照らすだけ

あやふや

相手のことなんてわかりやしない
自分の存在すらあやふやなのに
目や耳や五感によって、自分の存在を確認しようとする
自分の体を自分で、思いきり叩いてみたりつねってみたり
神秘的な地球や宇宙、時の流れの存在が
漠然としたものとしかとらえることができない
直径約十万光年、厚さ約一万五千光年の銀河
どうしてもピンとこない
それらが漠然としたものである限り
自分の存在はあやふやなものになってしまう
ましてや相手の存在なんてよけいにわかりはしない
五感や六感のゆるす限り
自分や相手をわかろうとする
わかろうとしてそれを求める

遠い僕の流星

遠い僕の流星
それは遠い君の流星である
遠い流星は
知識という記憶をたどった想像の遊びだ
僕の記憶はあいまいで
創世記以前のカオスさえもが思い出される

遠い羊たちの流星
それは僕らの血に流れる
経験したことのない過去
生まれてから出合った事もないものに
僕らは夢の中で出合う

サハラ砂漠のラクダが見る星

宇宙の灯台

東京のごみの山のカモメが見る星
それらが一緒と思えないほど
人羊たちの群れはデリケートで
遠い時空の壁から、破片が飛び散る隙間から
遠い羊たちの流星を、夢で見たことがある

ひと鎖の人生に、多くの喜びや悲しみが詰まっている

とかげをペロペロとした舌で、呑み込むカメレオンの色や
僕の顔色、どこかの町に住む羊たちの心や
時の流れは変わってしまって
地球の時命さえもが七変化の色を見せる
でも宇宙の寒い冬の日に、曇る窓に指で絵を描いた
白い吐息と色のない退屈なため息だけは、変わらないのかもしれない

遠い僕の流星はどこにあるのだろう
僕も君も、あなたも、誰も知らない

星

視力が落ちて気づいたことは
月の光が
より幻想的に見えることぐらいだろうか

悲しみに打ちひしがれる夜
寒くなったなと長くなる夜にも気づく

吹き荒れていた風は嘘のように、消えて無くなり
家の前にある栗の木たちはじっとしている

何ヶ月も夜空を見上げないで、暮らしていると
たまに見る夜空は怖い
いつになく広く霧で渦巻いている
今年も去年の今頃と同じ星が、同じ位置にある

何も変わっていない

秋は、いつもの寂しい気持ちにさせる
となりのカポスがしなだれている
遠くにある動かない木は
傘の形をしたチョコレートのようで
四つ並んでいるよう
さっきまで雨が降っていた

月の薄明かりで、字は書ける
となりの家の最後の明かりが、パチンと消えた
明かりが消えるように、いつしか人も消えるのだろう
真っ暗な闇の中に輝く星

点

真上からと水面からの
光の反射で目を細める
網の目のようにゆれる
小さな波たち

その光の細胞の上に
小さな人たちの点がある
ありのように
この一つの点にすぎない

ほこり

僕らは地球の上にいて
その地球は宇宙に浮いている

僕はそんな規模から見れば
たかがほんのほこりのような存在でしかない

地球上のあらゆる生命が仮に滅亡しても
それは宇宙にとって
ほとんど何も変わらない
僕がどうあがこうとも、決して宇宙の沈黙は変わらない

僕がせまりくる洪水にのまれたって、死んだって
吹き出る火山にのまれて死んだって
それは、たかが

宇宙は僕のために泣かない
掃除機で部屋のほこりをピューと吸い取るようなものでしかない

僕がどんなに背伸びをしたって
僕がどんなに威張ってみたって
僕がどんなに頑張って生きてみたって
結論を言ってしまえば、それはたかがでしかない

僕の横をピューと風が通り抜けていった
僕は運良く、吹き飛ばされないでいる

蛍《ほたる》

蟻のように急ぐ車たち
その二つのライトが
蛍のように舞う

満員電車にゆられる人
一日中、デスクワークをしている人
暑い日差しの中、汗を流している人
屋根の上の雪かきをしている人
家族のために料理を作っている人

人たちは
ただ消えないように消えないように
生命の火を
蛍のように灯し続けているだけ

ろうそく

ろうそくの火を消えないように消えないように継ぎ足していく
そんなふうにして暮らしてきた

放っておいたら、火は消えてしまうだろう
風がビュッと吹いたら、火は消えてしまう
雨が降ってきたら、火は消えてしまう
そうならないように家をたてて風をしのぎ
屋根を頑丈にして雨を防ぐ

食べるものがなくなった時、　隣人から米をわけてもらい
お返しに家を直してあげた
となりの人がいなかったら、飢え死にしていたかもしれない
意地悪をして、家を直してあげなければ
火は消えてしまったかもしれない

生命は誰かがふっと息を吹けば
ろうそくの火のように
あっという間に消える
そして残骸だけが残る

そんな弱々しい火を消さないように消さないように、灯し続ける
そして誰かが生きて、誰かに出合って
ろうそくの火をろうそくの火に移して
その小さなろうそくの火が
もっと小さいろうそくの火になって
人は火を灯し続ける
消えないように、消さないように火を灯し続ける

面影

ある朝のこと、町から人が消えていた
取り違えもないような朝は
鳥の鳴き声一つも聞こえない
あたり一面、人一人歩いていない
誰もいない、動いても動いても
見つけることができない
人に出会うことができない
すべての音が消えた

シフォンは体中から、寂しげな震えを覚えた
自分の中にある、ドラキュラは
世界中に、一人しかいないのかもしれない
誰もがドラキュラを抱え
それを隠蔽したり、抑えきれなかったり

そんなドラキュラは、たくさんいるのかもしれない

町中からは、人も音も、涙のかけらも
一晩の間に、舞い散る木の葉よりも早く
何もかもが跡形もなく消えていった
かろうじて町だけはその面影を残し
星さえもが消えかけていた
シフォンは何億光年も昔の自分を感じていた
シフォンは何億光年もの未来の自分を感じていた

遠い流星

遠い過去の流星は、記憶にない記憶
この世に生まれてから、見たことも聞いたこともない
そして経験したこともない実体のない過去

きっと一千二百億年前
生誕の火の元になった生命が、見ていたことなのかもしれない
そんな遠い記憶が心象風景として蘇る
心のキャンパスにぼんやりとした風景が描き出される

血は受け継がれる
それが汚い物であろうと綺麗な物であろうとも
遺伝子が記憶を受け継ぐのか、どうかは知らない
夢の中で見たことのないものを見ることがある

そう電話線で、家と家とが繋がっているように
長い永遠かも知れない時は、確実に繋がっている
遠い過去と今とを結ぶ橋

君も時を待っている
羊もラクダも、野に咲く薔薇にも時はある
大きな宇宙にも時はある
時は一体、いくつあるのだろうか

宇宙の長い時、その灯台の火の中に
一人一人の時の今にも消えそうな
危なげな火が無数にある
子供を持たない短い蠟燭《ろうそく》の火が
ひょうひょうとした風が吹いて消えたとしたら
すべての蠟燭の不思議な火は消えたことになるのだろう

たとえ自分の火が消えたとしても

それとは無関係に宇宙の灯台の火は存在する
宇宙の灯台の火に終わりはあるのだろうか

遠い過去の流星、もう戻れない、でも戻らない
でも忘れることは出来ない
遠いどこかで
遠い現在の流星
それは夢でもあり、幻想でもあり、現実でもある

遠い時の流星
それは、遠い時空のガラスの壁の隙間から
割れた鋭い破片が飛び散る
羊たちのもの悲しい、泣き声なのかもしれない

暗闇

眠れない夜、いつものことじゃない
暗闇の部屋の中でシフォンは考えた
僕がいるから暗闇があるのか
もともと暗闇があって、そこに自分がいるのか
それからもっと広げて
僕があるから地球があるのか
地球があったから僕がいるのか
シフォンは暗闇に答えを聞いたけれども
暗闇は沈黙したままだった
僕が消えれば暗闇は消える
僕が消えたら
暗闇があったって見えないじゃないか
何の意味も持たないじゃないか
シフォンは無関心すぎる暗闇に、少し怒りを感じている

識別・認識

太陽が地球をのみほすまで
それは太陽のせいじゃない

太陽は何も考えない
生まれてから死ぬまで喜びも泣きもしない
ただ衝突の音を鳴らすだけ
そして、その音さえも太陽には聞こえない

識別・認識する能力がなければ
大きい花も小さい花もないのだから
大きい前に小さい前に、それは花なのだから

花も木も動物もないのだから
花である前に動物である前に

それは生命なのだから

太陽があるのは太陽のせいじゃない
それを認識・識別してしまう花のせいさ
そしてあると感じてしまうプランクトンのせいさ

識別する能力がなければ、本当は何もないのだから
男も女も、汗も血も涙も、痛さも、傷も
文化も思想も言葉も、型も形も、雲も太陽も

感じてしまう心がなければ
美しいも美しくないも
たとえ、それが深い闇ですらもないのだから

花

ゆらり

リスの横をすり抜けていく青い風
それにただ、吹かれるゆらりとした雲
広大に広がる隙間のない空
サンサンと照り輝く太陽
雨上がりの一瞬の七色の虹
歌をうたう木々たち、共に歌う小鳥たち
土の中からは、ひょっこりと顔を出す目の丸いモグラ
そしてただ、神秘に満ちた時がゆらりと
私たちと共に流れていく

新しい生活

空を見てはたそがれる
青い空や景色
全ての空が私にたそがれを与える
特に夕焼けの空は
必ず私をたそがれへと導く
なんとなく、ゆっくりと流れゆくものの経過を楽しみながら
過ぎいく時間のはかなさに
たそがれを感じないではいられない
まるで海の中に、一人でぽつんとたたずんでいるかのように

明日は晴れた顔で朝を迎えよう
明日の自分は別人のような気がする
そして少し、新しい生活のことを考えてみる

花

花

痛くないのだろうか
地球は僕に踏んづけられて
痛くないのだろうか
地球は何人もに踏んづけられて

地球は痛さを感じない
そんなことは誰が決めたのだろう

なにも考えなくていいのさ
なにも心配することなんてない
考えることをしない花になろう

ペット

森で鳥たちがさえずっている
ペットショップの籠の中の鳥たちの音と
よく似ている

それでも、少し違う
数や種類が違うからなのだろうか

もし、数も種類も同じだとしたら
彼らのさえずりが森の鳥たちとは
違うように聞こえるのはなぜだろうか

歴史

語り尽くせないほどあふれる歴史
ひとりひとりの異なる歴史
その人が何を思い、何を感じたのか
二千年の過去を説明するのに
二千年がかかること
経験してみなければわからない時代の匂い
そこにいた人だけが感じ取れる、時代の旋律
つかの間の喜びと、つきまとう苦しみ
それはしゃぼん玉のよう
溺れる愛と、はなれない欲
ほどよい建設と、あっけない破壊
どうすることもできない無常
それは桜が咲くのを待ちつづけること

ひとりごと

あの日の空は青かった
透けて遠くのあっちが見えるほど
あの日の空は大きかった
宇宙の底は果てしなく遠かった

今、僕の空は黒みがかった緑の草
緑の草は、時折僕に話しかけてくる
「いい天気だね」と

欲望

いいかわるいか、それだけでいいじゃない
好きか嫌いか、それだけでいいじゃない
YES or NO、それだけ

百万ドルで買う人もいれば、買わない人もいる
欲しいと思う人がいれば、欲しがらない人もいる
なんて価値とは不安定なものだろう
生ですら、不変の価値にはなりえない

混沌とした空気の中に、存在が包まれているのを感じる
明確にしてきた何億年も前から
血をたどれば、海の中にいたのだろうか

草花だって太陽を感じて、その方向へと手を差し出す

そう光が欲しいと言う
触覚ができて、味覚ができて、嗅覚《きゅうかく》ができて、視覚ができて
少しずつ明確になってきた
辺りが明るく見え始める

ライオンは山羊を喰い殺す
彼らの存在は自然の秩序で保たれている
あるままのルール
YES or NO、それだけ

海の中にいたのだろうか
少しずつ明確になってきた
辺りが明るく見え始める

眺め

まず起きて、窓の外を眺めてみる
昨日とは違う風景
それが唯一の楽しみだ
外に出ることはできない
一日にわずかな人と会話をするだけ
もう一度窓の外を眺めてみる
さっきとは違う風景
考えごとをしている
そんな時に
もう一度外の風景を眺める
突然、変わったりなんかしない
ずーっと見ていれば
ゆっくりと雲がきて
ちゃんと雨が降ることを教えてくれる

推測

二メートルほど前にいる彼
目の前にあるサンドイッチ
窓際から映る夜空の星

彼女は一体、何を見ているのだろう
何も見ていないのかもしれない

おそらくは、窓際から見える夜空の星を見ているのだろう
おそらくだ。私のかってな推測にすぎない

光

教会の赤と青のクリスタルのガラスから
教会の床に太陽の光が射す
太陽からここまで、何分かでたどり着いた光なのだろう

教会の外に出れば、太陽以外の星から
何億光年もかけてきた光が走る

星から星へ反射してきた、わずかな光も大地に射す
光と光が交互に混じり合い、海とのミラーに反射して
違う星へと光達はさまよう

この光の中には
何百年何百万年かけて
地球にたどり着いたものもある

月は太陽の光を反射する

ビルのレストランの五十二階の窓からは
人間が作り出す小さな光たちが、より集まって
ネオンの川を作る

赤い光、青い光、虹色の光のつぶが
見えない光の糸で繋がって
巨大なネックレスの輪を彩る

この光たちは何年もかけて
宇宙を旅する
どこかの星にたどり着くまで走る

十字架

目をつむってみても、寝られない夜だった
ふと目を開けると、窓から差し込む光がゆれている
月が真っ暗な闇の空に、ろうそくをともしている
外に出てみると、丸いとはいえない月が少し首をあげた
真っ正面にある月の光が、四方向に伸びている
その線は永遠に伸びる光の直線で、上に下に右に左に伸びている
遠くへいくほど、わずかながら薄い光となっていく

少し時間がたつと、右上、左上、右下、左下と
さっきの四方向の直線と
丁度斜めに新たな四方向の線が現れた
さっきの線の半分ほどの太さで光は
遠くへいくほどじょじょに薄くなって
今度は途中で切れている

例えるなら、十字架の中心と月の中心が重なっているようなものに
今度は、その斜めにもう一つの十字架の光が重なっているようなふうに
見える

目をつむると光がゆれる
暗闇の中を突き進む光も、どこかできっと途切れるのだろう

はるか遠くの太陽が月を照らし、その
月の光が僕を照らす
何でもないことなのかもしれないけど、僕にはそうは思えなくて
いいようもない光が、あたりを照らし
今日の夜を祝福している

きっと遠くのどこかで
僕と同じ月を見ている人がいるのかもしれない
また明日もきっと、月の明かりが
夜の到来を歓迎するのだろう

花

位置

ありのままの彼女
どれだけさらせるのだろうか
肌を光りに
ありとあらゆるものを隠していたけれど
面倒になったのだろうか
全部さらけ出してしまったら
その方が光っている彼女がいた
ありのままの彼女がいた
劣っていても優れていても
それを一つ一つ証明していく
彼女はそれを確認するかのように
この不確かな世の中で
彼女がここにあることを
はっきりとさせるかのように

光合成

太陽が地球をのみほすまで
それは太陽のせいじゃない
太陽は何も考えない
生まれてから死ぬまで喜びも泣きもしない
ただ衝突の音を鳴らすだけ
そして、その音さえも太陽には聞こえない

木々や花たちだって、太陽の光の方へと
枝や葉や花といった手を伸ばす

太陽からの距離や場所によって、太陽の温度は違う
そしてその光の多い部分にはサボテンが生まれ
光の少ない部分にはサボテンは生まれない
大木だって太陽を上手く吸収した場所だけに、存在する

花

光の少ない部分の木々たちは、窮屈にしている
そして光が多すぎれば、その生命までを焼き尽くし
少なすぎれば、その生命を氷らせてしまう

夜には月があるように
昼には太陽がある限り
月の出ていない暗闇の夜ですら
光があることを誰も気づきやしない
わずかな光があることを誰も気づきやしない

そして死んでも土となった肉体には
光が射す
太陽がある限り、完全な死など存在するかどうかすらわからない
土でさえ光が射せば、その水分は蒸発し
雨が降ればその土を濡らす

花や木々でさえ、光を識別する能力を備えてしまっている

そして光の方へ手を伸ばした木々だけが、生き残る
プランクトンでさえ、太陽のコントロールの元に存在する
そして地球上だけに生命がいること自体が
太陽の差別のせいなのだから

木々や花たちだって
ふりかざす太陽の光を奪いあっている

ある花は、となりの花にこう言いました
私に光はいりません
たとえ身が滅びようとも
あなたが光を得るならば
あなたが大きくなるならば

あとがき

私は実は、重度の精神疾患を抱えている。途中やる気が全く出ない時期がゆうに十五年以上は続いたのである。私がこの作品を完成させるのに、私に再び力を湧き起こさせてくれたのは、医者での処置のリスパダールコンスタという筋肉注射の薬である。私の病状の悪化が続いた十五年ほどの間、私は詩に全く手をつけないという空白期間もあった。見様見真似で、小学生の時に詩を書いたことはあったが、主に詩を書き始めたのは十五歳からだったから、この一つの作品を作るのに、私は二十五年以上もかかったことになる。私はできれば二十代前半で、早い段階で私の詩集を出しておきたかったという後悔もある。ただ私が二十代前半でもし詩集を出していたなら、心がどれだけこもっていたかはわからない。大切な事は美辞麗句を並べる事ではなく、どれだけ心をこめたかだと思っている。長い年月をかけた分だけ、この作品に心をこめる事ができた。長い期間、私に時間を与えてくれた両親のおかげでもある。まさか一つの作品を作るのに、これほど長い時間がかかるとは思っていなかった。三十年近くかけてこの一つの作品が、ある程度の区切りをつけられたことは幸いである。私は死ぬまで私の過去の詩を一生放置する可能性すらあったからである。
最後に、私の詩集（短文集）を作るのに協力してくださった皆様に、感謝の気持ちでいっぱいです。東京図書出版の皆さんにお礼を申し上げます。そして『花は光に手を伸ばす』を読んでくださった読者の皆様にもお礼を申し上げます。この一冊の本、私の処女作に巡り合えて良かったと思えていただけたら幸いです。皆様にも希望の光が射す事を心よりお祈りしています。

星　はるか

２０１９年１月25日

星　はるか（ほし　はるか）
1976年　東京都杉並区生まれ
1994年　高等学校卒業
（大学を途中で辞める）

花は光に手を伸ばす

2019年4月19日　初版第1刷発行
著　者　星　はるか
発行者　中 田 典 昭
発行所　東京図書出版
発売元　株式会社 リフレ出版
〒113-0021　東京都文京区本駒込 3-10-4
電話 (03)3823-9171　FAX 0120-41-8080
印　刷　株式会社 ブレイン

ISBN978-4-86641-231-3 C0092
Printed in Japan 2019
落丁・乱丁はお取替えいたします。

ご意見、ご感想をお寄せ下さい。

［宛先］〒113-0021　東京都文京区本駒込 3-10-4
東京図書出版